Dieses Buch gehört:

Der Bücherbär
1. Klasse

Liebe Eltern,

jedes Kind ist anders. Manche Kinder kennen bereits alle Buchstaben in der Vorschule und können erste Wörter lesen. Andere lernen das Abc in der Schule. Für das spätere Leseverhalten ist es jedoch völlig unerheblich, wann die Kinder das Alphabet meistern. Wichtig aber ist der Spaß am Lesen – von Anfang an. Deshalb ist das Bücherbär-Erstleserprogramm konzeptionell auf die Fähigkeiten und Bedürfnisse der Kinder abgestimmt.

Dieses Buch richtet sich an Leseanfänger in der 1. Klasse. Die übersichtlichen Leseeinheiten und kurzen Zeilen sind ideal zum Lesenlernen. Zahlreiche Bildergeschichten unterstützen das Textverständnis. Zusätzlich regen lustige Buchstaben- und Leserätsel am Ende des Buches zum Nachdenken und zum Gespräch über die Geschichte an. Denn Kinder, die viel Gelegenheit zum Sprechen haben, lernen auch schneller lesen.

Ihr Bücherbär

Jana Frey

Zwei Meermädchen und ein flossenstarkes Abenteuer

Mit Buchstaben- und Leserätseln

Bilder von Katharina Wieker

Arena

Jana Frey
wurde 1969 in Düsseldorf geboren. Nach ihrer Schulzeit studierte sie in San Francisco und Auckland/Neuseeland Literatur, Kunst und Geschichte. Seit 1994 schreibt Jana Frey Bücher für Kinder und Jugendliche, die in viele Sprachen übersetzt wurden. Einer ihrer Jugendromane wurde für den Deutschen Jugendliteraturpreis nominiert. Jana Frey lebt mit ihren beiden jüngsten Kindern und dem Familienkater Metellus Cimber in einer großen kunterbunten Altbauwohnung in Mainz.

Katharina Wieker,
geboren 1964, ist von Beruf Trickfilmzeichnerin. Seit 1993 illustriert sie auch Kinderbücher, was ihr großen Spaß macht. Katharina Wieker lebt mit ihrer Tochter in Berlin.

FSC
www.fsc.org
MIX
Papier aus verantwortungsvollen Quellen
FSC® C110508

2. Auflage 2020

Rottendorfer Straße 16, D-97074 Würzburg

Einband und Illustrationen: Katharina Wieker
Gesamtherstellung: Westermann Druck Zwickau GmbH
ISBN 978-3-401-71610-7

www.arena-verlag.de

Inhalt

In dieser Geschichte spielen mit:

Perla

Mari

Hugo

der alte Zackenbarsch

Schwierige Wörter im Text:

das Blumenriff

das Seetang-Eis

die Korallen-Bonbons

die Algen-Lutscher

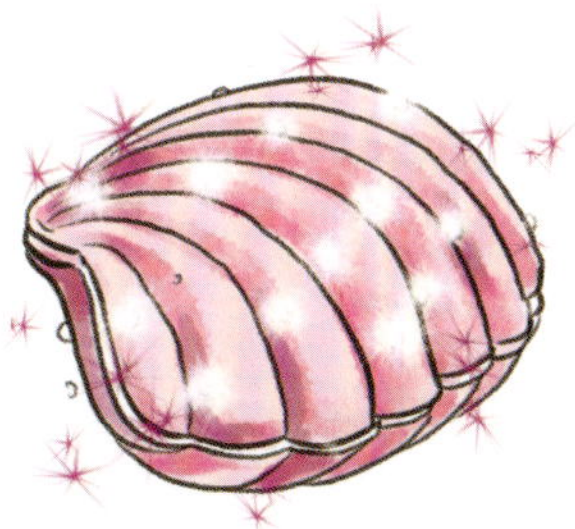

die Glitzermuschel

die Wuschelhaare

Verkracht

Perla und Mari sind beste Freundinnen. Sie leben am Blumenriff. Das ist der schönste Ort im ganzen Meer.

Sie teilen einfach alles:
Seetang-Eis.

Korallen-Bonbons.
Algen-Lutscher.

Sogar Hugo
gehört ihnen zusammen.
Sie beide waren dabei,
als die kleine Schildkröte
aus dem Ei geschlüpft ist.

Die Meermädchen
schwimmen zum Ballett.
„Oh, was liegt denn da?“,
wundert sich Perla.
„Eine Glitzermuschel!“,
ruft sie begeistert.

Schnell steckt sie
die Muschel
in ihr blondes Haar.
Wie schön sie jetzt aussieht.
Wie eine echte Prinzessin!

„Du kannst
die Muschel doch teilen.
Da, am Knick“,
bittet Mari ihre Freundin.
„Wir teilen doch immer alles!“

„Halb ist sie aber
nur halb so schön“,
antwortet Perla.
Ihre Stimme klingt
auf einmal
gar nicht nett.
„Aber, aber …“,
stottert Mari traurig.

„In deinen Wuschelhaaren
wäre sie doch
sowieso kaum zu sehen!“,
fügt Perla rasch hinzu.

So fies ist Perla?

Mari kann es kaum glauben.

Und dann schwimmt Perla weiter.

Einfach so.

Ohne auf Mari zu warten.

Perla schaut nicht einmal zurück!
Sonst schwimmen sie immer
zusammen zum Ballett.
Warum ist Perla so gemein?

Nie, nie, nie wieder
will Mari etwas mit Perla
zu tun haben!

Wir sind nie mehr
beste Freundinnen!

Hugo will sie aufmuntern.
Er stupst sie an.
Aber Mari merkt es nicht.
So enttäuscht ist sie.
Sie fühlt sich sehr alleine
und sehr verlassen.

Ein Schlag mit der Flosse

Die Ballettschule ist
bei der großen Steinkoralle.

Dort wohnt auch
der alte Zackenbarsch.
Er ist der älteste Fisch
im Blumenriff.

In Perlas Kopf
kreisen die Gedanken.
Man muss doch wohl
nicht immer alles teilen.
Oder?
Perla zischt durchs Wasser.
Dabei übersieht sie
den alten Zackenbarsch.

Mit seiner mächtigen Schwanzflosse
wischt der riesige Fisch
die kleine Perla
in einen gefährlichen Strudel.

Der Strudel zieht heftig
an dem kleinen Meermädchen.
Perla greift gerade noch
eine Koralle.
Wie lange kann sie sich
daran festhalten?

Um sie herum
brodelt das Wasser.
Perla kneift die Augen zusammen.
Wäre doch Mari bei ihr!
Zusammen mit Mari
ist alles nur halb so schlimm.

Auf der Suche

Die Ballettstunde
hat schon angefangen.

Die Mädchen
schütteln ihre Köpfe.

Wie kann das sein?
Wo steckt Perla?

Auch Hugo blubbert besorgt.
Ob Perla etwas passiert ist?
Mari fasst einen Entschluss:
Sie wird Perla suchen.
Jetzt sofort!
Blitzschnell paddelt sie los.

Perla!
Perla!
Oh nein!

Dort unten
klammert sich Perla
an eine dünne Koralle.
Um sie herum
braust das Wasser.
Wie schrecklich!

Was soll Mari nur tun?
Für einen Moment
muss sie daran denken,
wie gemein Perla vorhin war.

Sie hat die Muschel nicht geteilt.

Sie hat auch gesagt,
dass Mari komische Haare hat.

Dann ist sie weggeschwommen.

Aber das ist jetzt alles egal!
Perla ist ihre beste Freundin!
Eilig zerrt Mari
an einem langen Stück Seetang.

Dann haben sie es geschafft.
Mari wickelt sich den Seetang
um den Bauch.

„Halt mich fest!“,
ruft sie Hugo zu.

Rettung in letzter Sekunde

Mari springt in den Strudel.
Rasend schnell geht es
in die Tiefe.
Sie wird wild herumgewirbelt.
„Perla!“, ruft Mari atemlos.

„Hier bin ich!“, antwortet Perla.
Mari folgt ihrer Stimme.
Sie greift Perlas vertraute Hand
und hält sie ganz fest.
Dann ruft sie: „Hugo! Zieh!“

Hugo zieht, so fest er kann.

Gerettet!

„Mari“, flüstert Perla zittrig.

„Perla“, flüstert Mari atemlos.

Perla schlingt ihre Arme um Mari.

„Entschuldige bitte,
dass ich so gemein war“,
sagt sie leise.

Perla zieht die Muschel
aus ihren Haaren
und teilt sie am Knick.

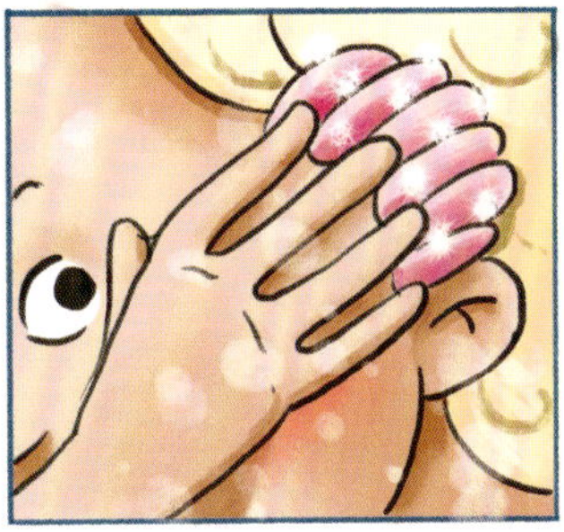

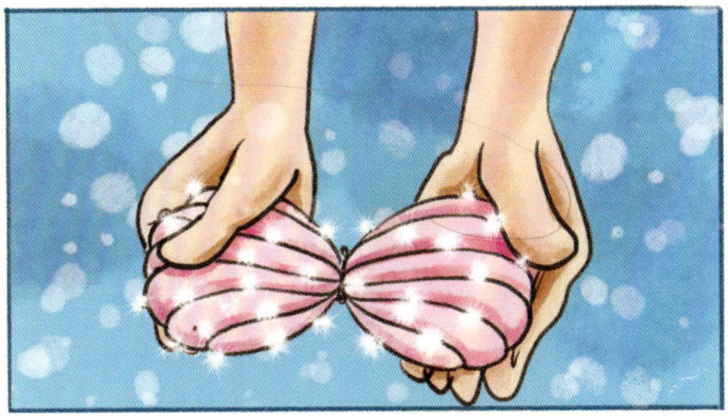

[illegible] muss kichern.
Sie deutet auf Perlas Haare.

„Jetzt sind deine Haare
so wuschelig wie meine!“,
sagt Mari und lacht.
Ja wirklich:
Perlas Haare sind sogar
noch viel zerzauster als Maris.

Die Freundinnen kichern.
Dann schwimmen sie
zurück zum Blumenriff.
Natürlich Hand in Hand.
Schließlich sind sie
allerbeste Freundinnen.

Buchstaben- und Leserätsel

Silbenrätsel

Ordne die Silben,

dann erkennst du die Wörter.

Mari und Perla sind | chen | | Meer | | mäd | .

Sie leben im | men | | riff | | Blu | .

Was passt zum Meer?

Die Reime verraten es dir.

Quelle – W __ __ __ __

Tisch – F __ __ __ __

Hand – S __ __ __

Löwe – M __ __ __

Was ist passiert?

Die Anfangsbuchstaben verraten es dir.

Perla findet eine

___ ___ ___ ___ ___ ___ ___

Mari ist

___ ___ ___ ___ ___ ___ ___

Perla klammert sich an eine

___ ___ ___ ___ ___ ___ ___

Die Lösungen findest du
auf der nächsten Seite.

Lösungen

So heißt es richtig:
Mari und Perla sind **Meermädchen**.
Sie leben im **Blumenriff**.

Das reimt sich:

Quelle – Welle	Hand – Sand
Tisch – Fisch	Löwe – Möwe

Das ist passiert:
Perla findet eine **Muschel**.

M U S C H E L

Mari ist **traurig**.

T R A U R I G

Perla klammert sich an eine **Koralle**.

K O R A L L E

Der Bücherbär
1. Klasse

Themengeschichten mit Silbentrennung

Fußballgeschichten
978-3-401-71535-3

Ponygeschichten
978-3-401-71568-1

Monstergeschichten
978-3-401-71650-3

Detektivgeschichten
978-3-401-71651-0

Jeder Band: Ab 6 Jahren • Themengeschichten mit Silbentrennung • Durchgehend farbig illustriert • 48 Seiten • Gebunden • Format 17,5 x 24,6 cm

Mit Bücherbärfigur am Lesebändchen

Große Fibelschrift und Zeilentrennung nach Sinneinheiten

Mit Bilder- und Leserätseln

Einfache Geschichten mit kurzen Zeilen

Mit Silbentrennung

Viele farbige Bilder

Innenseite aus *»Erdbeerinchen Erdbeerfee – Lustige Zaubergeschichten«* ISBN 978-3-401-71360-1

Diese Reihe ist auf die Fähigkeiten von Leseanfängern abgestimmt: Übersichtliche Leseeinheiten und kurze Zeilen sind ideal zum Lesenlernen. Das Hervorheben der Sprechsilben hilft dabei, ein Wort richtig lesen und verstehen zu können.

Empfohlen von **westermann**